# तुम देखे जा रहे हो

# जाल

*एक ऐसी कहानी जो कल्पना लगे — पर है सब सच*

— उपन्यास -



**पवन भड़ेरिया**

(लेखक – "आज़ादी का भ्रम")

Kritim Social Welfare Foundation

गुना (मध्यप्रदेश)

www.kritim.org

## — नमन —

**कर्कोटकस्य नागस्य दमयन्त्या नलस्य च। ऋतुपर्णस्य राजर्षेः कीर्तनं कलिनाशनम्॥**

### — भगवान कल्कि को सादर नमन —

*इस कलियुग के घोर अंधकार में,*

*जब असत्य को सत्य कहा जाने लगा,*

*जब जाल को आज़ादी का नाम दिया जाने लगा —*

**तब भी एक विश्वास जीवित है —**

**कि धर्म का नाश नहीं होता।**

**वे आएँगे —**

*श्वेत अश्व पर, देवदत्त खड्ग लिए,*

*इस युग के अंधकार को चीरते हुए।*

भगवान कल्कि — जिनकी प्रतीक्षा में यह सृष्टि है।

---

**भगवान शिव को नमन —**

जो संहार में भी सृजन का बीज छुपाए रहते हैं।

---

**गौ माता को नमन —**

जो बिना माँगे देती है, बिना शिकायत सहती है।

*उस करुणा को नमन —*

जो हर जीव में बसती है।

यदि इस कहानी में कहीं कोई सच्चाई है —

**तो वह उसी चेतना की झलक है।**

और यदि कहीं कोई भ्रम है —

**तो वह मेरा है।**

— पवन भड़ेरिया

# कॉपीराइट



यह एक पूर्णतः काल्पनिक रचना है। इसमें दर्शाए गए सभी पात्र, घटनाएँ, स्थान, संस्थाएँ एवं शासन-संबंधी संदर्भ लेखक की कल्पना पर आधारित हैं।
किसी भी वास्तविक व्यक्ति, संस्था, संगठन या सरकार से कोई भी समानता
सिर्फ संयोग मानी जाएगी।

प्रकाशक:
Kritim Social Welfare Foundation
गुना (मध्यप्रदेश)
www.kritim.org

लेखक:
पवन भड़ेरिया
(लेखक – “आज़ादी का भ्रम”)

# समर्पण

उनके नाम —

जो जागे हैं, और सच कहने का साहस रखते हैं।

और उनके नाम भी —

जो अभी सो रहे हैं,

पर एक दिन सत्य से अवश्य टकराएँगे।

अपनी माँ और बहन की स्मृति में —

जिनकी सीख और प्रेरणा

आज भी मेरे हर कदम का आधार है।

# लेखक की बात

*यह कहानी एक ऐसी दुनिया की है जो अभी नहीं आई —*

*पर आने को तैयार है।*

इसमें जो व्यवस्था दिखाई गई है, उसके बीज आज भी बोए जा रहे हैं — धीरे-धीरे, चुपचाप, 'आपकी भलाई' के नाम पर।

आर्यन की कहानी आपको काल्पनिक लगे — यही इसकी ताकत है। और यही इसका डर भी।

# प्रस्तावना

हम एक ऐसे समय में जी रहे हैं
जहाँ हर चीज़ हमारे लिए आसान बनाई जा रही है...

फैसले, सुविधाएँ,
और धीरे-धीरे... हमारी सोच भी।

हमें बताया जाता है —
कि यह सब हमारी "आज़ादी" के लिए है।

लेकिन एक सवाल हमेशा बाकी रह जाता है...

**क्या यह सच में आज़ादी है,**
**या सिर्फ़ एक बेहतर ढंग से बनाया गया नियंत्रण?**

यह पुस्तक किसी निष्कर्ष तक पहुँचने की कोशिश नहीं करती।
यह केवल उन परतों को हटाने का प्रयास है
जिन्हें हमने बिना सवाल किए सच मान लिया है।

और शायद...
कहीं न कहीं,
आप भी इस कहानी में खुद को देख पाएँगे।

Table of Contents

# अध्याय -1

## एक सुबह जब सब बदल गया

**आर्यन को वो सुबह याद है।**

हर एक पल।

जैसे किसी ने मस्तिष्क की दीवार पर वो तस्वीर हमेशा के लिए चिपका दी हो।

उस दिन तक उसकी ज़िंदगी एकदम सीधी-सपाट थी। सुबह उठो, मोबाइल देखो, दफ्तर (office) जाओ, रात को थके-हारे वापस आओ, फिर वही मोबाइल और फिर नींद, बस यही था आर्यन शर्मा का पूरा संसार।

*पर उस एक सुबह ने सब उलट दिया।*

सोमवार था, अक्टूबर का।

दिल्ली में सर्दी अभी-अभी दस्तक दे रही थी — वो वाली सर्दी जो पहले हल्के से गले लगाती है और धीरे-धीरे जकड़ लेती है।

आर्यन की उम्र थी 26 साल, एक छोटी-सी निजी कंपनी में आँकड़े जोड़ने (Data Entry) का काम करता था।

दिन भर संख्याएँ देखो, फाइलें बनाओ, रिपोर्ट भेजो, तनख्वाह (Salary) लो बस।

उस दिन वो उठा तो मोबाइल की स्क्रीन पर एक सन्देश था —

**"आपका नागरिक अंक गिरकर 71 हो गया है। कृपया मासिक सर्वेक्षण पूरा करें, अन्यथा कुछ सुविधाएँ बंद हो सकती हैं।"**

आर्यन ने सन्देश पढ़ा।

फिर से पढ़ा।

'निवारण' — राष्ट्रीय नागरिक मूल्यांकन प्रणाली — यह सरकारी व्यवस्था दो साल पहले 'नागरिक सुरक्षा' के नाम पर लागू हुई थी।

उस वक्त बड़े-बड़े होर्डिंग थे।

नेता बोल रहे थे — 'अब हर नागरिक सुरक्षित, अब हर लेन-देन पारदर्शी।' सबने ताली बजाई थी।

*आर्यन ने भी बजाई थी।*

71 का मतलब था — पीला क्षेत्र।

इससे नीचे गया तो बस कार्ड काम बंद, ऑनलाइन भुगतान में रुकावट, और सरकारी सुविधाएँ बंद।

उसने जल्दी से सर्वेक्षण खोला।

पहला सवाल था: 'क्या आपने पिछले महीने कोई ऐसी सामग्री देखी जिसे आप समाज-विरोधी मानते हैं?'

आर्यन ने 'नहीं' दबाया।

दूसरा: 'क्या आपने किसी ऐसे व्यक्ति से बात की जो सरकारी नीतियों का विरोध करते हों?'

'नहीं।'

तीसरा: 'क्या आप अपने मोहल्ले में किसी की संदिग्ध गतिविधि की सूचना देना चाहते हैं?'

आर्यन रुक गया।

उसने खिड़की से बाहर देखा, नीचे पड़ोस में बुज़ुर्ग काका

*नागरिक अंक (Citizen Score):*

यह एक सरकारी स्कोर है जो व्यक्ति के व्यवहार, गतिविधियों और जवाबों के आधार पर तय होता है। यह अंक यह निर्धारित करता है कि व्यक्ति को कितनी सुविधाएँ और स्वतंत्रता मिलेगी।

*मासिक सर्वेक्षण (Monthly Survey):*

यह एक नियमित प्रश्नावली होती है जिसे हर नागरिक को भरना होता है। इसमें दिए गए जवाब आपके नागरिक अंक को बढ़ा या घटा सकते हैं।

*क्षेत्र (Zones):*

*Green Zone* – सामान्य स्थिति, सभी सुविधाएँ उपलब्ध
*Yellow Zone* – अंक कम, कुछ सुविधाएँ सीमित
*Red Zone* – अंक बहुत कम, कई सेवाएँ बंद

*ध्यान दें:*

जैसे-जैसे नागरिक अंक गिरता है, व्यक्ति की सुविधाएँ, सेवाएँ और स्वतंत्रता धीरे-धीरे कम होती जाती हैं।

जी चाय पी रहे थे — वही जो हर रोज़ सुबह सात बजे दरवाज़े के बाहर बैठते और अखबार पढ़ते थे।

*संदिग्ध? काका जी?*

उसने 'नहीं' दबाया।

**अंक 73 हो गया।**

आर्यन ने मोबाइल रखा, नहाया, तैयार हुआ और निकल गया।

*रोज़ की तरह।*

दफ्तर एक शीशे की इमारत में था — वो वाला किस्म जो हर शहर में अब दिखती है, जहाँ अंदर से सब दीखता है पर बाहर से कुछ नहीं।

उसकी टीम-प्रमुख थी प्रिया नायर, तीस साल, तेज़-तर्रार — वो किस्म जो हर बैठक में सही बात बोलती थी और हर सही बात पर साहब (boss) का भरोसा पाती थी।

"आर्यन, तुम्हारी तिमाही रिपोर्ट अभी तक नहीं आई।"

"आज शाम तक कर दूँगा।"

"शाम नहीं — तीन बजे तक।

सुरेश सर का मुआयना है।"

आर्यन ने कंप्यूटर खोला।

संख्याओं की एक ऐसी दुनिया, जिसमें इंसान नहीं होते — सिर्फ कतारें और खाने।

उसे यही पसंद था इस काम में।

इंसानों से जूझना उलझा देता था, संख्याएँ सीधी थीं।

*पर उस दिन कुछ था जो उसे चैन नहीं दे रहा था।*

दोपहर के खाने के वक्त वो नीचे गया।

कंपनी की रसोई में एक कोना था जहाँ आर्यन रोज़ अकेला बैठता था।

आज वहाँ पहले से कोई था।

एक लड़का,लगभग आर्यन जितनी ही उम्र, टी-शर्ट पर एक पुरानी-सी छपाई थी — किसी गाने के दल का नाम, शायद।

आर्यन बैठ गया।

लड़के ने ऊपर देखा।

"यहाँ कोई रोक नहीं है," वो बोला, थोड़ी तल्खी के साथ।

"जानता हूँ।

मैं रोज़ यहीं बैठता हूँ।"

लड़का थोड़ा सरका।

"आर्यन हो न? चौथी मंज़िल?" "हाँ।

तुम?"

"कबीर, पिछले हफ्ते आया हूँ।"

थोड़ी देर चुप्पी रही।

फिर कबीर ने धीरे से कहा — बिना किसी की तरफ देखे — "तुम्हारा नागरिक अंक कितना है?"

आर्यन ने एक पल रुककर कहा, "73।"

कबीर ने हल्के से सिर हिलाया, जैसे उसे पहले से पता था।

"मेरा 68 है, आज उन्होंने मेरा भुगतान बंद कर दिया। दुकान पर खड़ा रहा, पर सिस्टम ने पेमेंट ही नहीं होने दिया " एक घंटा भूखा बैठा रहा।"

आर्यन को समझ नहीं आया क्या कहे।

"एक सर्वेक्षण था—" उसने शुरू किया।

"सर्वेक्षण ( Survey) से कुछ नहीं बदलता," कबीर ने धीमे लेकिन ठंडे स्वर में कहा। । "अंक (Score) बढ़ता है तुम्हारी आदतों से — क्या देखा (Content), क्या पढ़ा, किससे बात की (Interaction), कहाँ गए।

सर्वेक्षण तो बस यह एहसास (Illusion) देता है कि तुम खुद तय (Control) कर रहे हो।"

आर्यन ने उसे देखा।

"तुम्हें यह कैसे पता?"

कबीर ने जेब से मोबाइल निकाला, एक छवि (Image) थी — कुछ संख्याएँ, कुछ कोड।

"यह निवारण का परदे के पीछे का डेटा (Backend Data)

है। किसी ने बाहर निकाला।" उसने रुककर कहा, "इसमें हर आदमी का ब्यौरा है — कौन-सा ऐप कितनी देर खुला, किस विषय पर कितनी देर रुके, रात को कितने बजे सोए, सुबह कितने बजे उठे।"

आर्यन ने स्क्रीन की तरफ देखा।

फिर कबीर ने एक चीज़ दिखाई।

एक खाना था —

**"विरोध सम्भावना : 34%"**

और उसके आगे लिखा था — आर्यन शर्मा।

आर्यन ने मोबाइल वापस किया।

कुछ नहीं बोला।

उठा, थाली उठाई, चला गया।

उस रात आर्यन को नींद नहीं आई।

वो छत की तरफ देखता रहा।

**34 फीसदी।**

किस आधार पर? उसने क्या किया था? कोई विरोध नहीं, कोई नारेबाज़ी नहीं, कोई बयान नहीं, बस एक रात उसने अपने मोबाइल पर एक पुराना साक्षात्कार देखा था — किसी अर्थशास्त्री का, डिजिटल मुद्रा के बारे में। और एक दिन उसने खोजा था — 'सरकारी डिजिटल मुद्रा क्या है',बस।

*34 फीसदी।*

उसने मोबाइल उठाया।

निवारण खोला।

"अपना अंक बेहतर करने के लिए, चौबीसों घंटे स्थान-साझेदारी (Location Sharing) चालू करें।"

उसने बंद किया।

फिर कुछ देर बाद दोबारा खोला।

अनुमति दी।

**स्थान-साझेदारी ( Location Sharing): चालू।**

**अंक : 75. हरा क्षेत्र।**

आर्यन ने मोबाइल रखा।

खिड़की से बाहर देखा — रात की दिल्ली जल रही थी, हज़ारों रोशनियों में। सब सोए हुए, सब आरामदेह, सब सुरक्षित।

***या शायद — सब इतने डरे हुए थे कि सुरक्षित लगना ज़रूरी हो गया था।***

अगले हफ्ते कबीर दफ्तर नहीं आया।

मानव संसाधन विभाग ने मेल भेजा —

*"कबीर मल्होत्रा को उनके पद से मुक्त किया गया है।"*

**मुक्त किया।**

यह शब्द आर्यन के ज़ेहन में घूमता रहा।

*मुक्त — जैसे वो कहीं कैद था। और अब छोड़ा गया।*

***या पकड़ा गया।***

✦

उस शाम, घर लौटते वक्त, मेट्रो में एक बुज़ुर्ग बैठे थे —

सफेद कुर्ता, हाथ में एक पुरानी-सी डायरी।

मेट्रो की बड़ी स्क्रीन पर समाचार चल रहा था :

**"निवारण 2.0 की शुरुआत — अब आपकी भलाई भी नज़र में!"**

बुज़ुर्ग ने स्क्रीन देखी।

फिर डायरी में कुछ लिखा।

आर्यन ने देखा — डायरी के ऊपर तीन शब्द लिखे थे,

पुरानी लिखावट में :

**"क्या हम आज़ाद हैं?"**

आर्यन अपने स्टेशन पर उतर गया।

पर वो तीन शब्द उसके साथ आ गए,घर तक।

रात तक।

**और अगली सुबह तक।**

*अध्याय दो में :*

*एक रात आर्यन को एक कड़ी मिलती है।*

*जो खुलती है, वो स्क्रीन नहीं — एक दुनिया है।*

*वो दुनिया जो हमेशा से थी — पर किसी को दिखाई नहीं दी।*

## — लेखक की टिप्पणी —

*यह कहानी काल्पनिक है।*

**पर —**

*• चीन में 'सोशल क्रेडिट सिस्टम' पहले से चल रहा है।*

*• भारत के रिज़र्व बैंक ने डिजिटल सरकारी मुद्रा की परीक्षण शुरू कर दी है।*

*• 14 देशों में नागरिक अंक-प्रणाली के प्रयोग हो रहे हैं।*

*• विश्व आर्थिक मंच (WEF) 2030 तक सार्वभौमिक डिजिटल पहचान की बात कर चुका है।*

कल्पना और सच के बीच की दूरी —

***शायद उतनी नहीं जितनी आप सोचते हैं।***

# अध्याय -2

## लाल दरवाज़ा

उस रात आर्यन ने सोचा — कल यह सब भूल जाऊँगा।

पर सुबह उठते ही वो तीन शब्द फिर सामने थे।

**'क्या हम आज़ाद हैं?'**

दफ्तर जाते वक्त मेट्रो में उसने उस बुज़ुर्ग को ढूँढने की कोशिश की, वो नहीं था, न अगले दिन, न उसके अगले दिन।

पर एक हफ्ते बाद, जब आर्यन अपनी जैकेट की पुरानी जेब में हाथ डाला — तो एक मुड़ा-तुड़ा काग़ज़ निकला।

*वो उसने देखा था, पर जेब में कब आया — यह नहीं जानता था।*

काग़ज़ पर सिर्फ एक पंक्ति थी, बारीक लिखावट में :

> **"बाज़ार के पीछे, पुरानी छापाखाने की गली, लाल दरवाज़ा। बुधवार, रात नौ बजे।"**

आर्यन ने काग़ज़ मोड़ा, वापस जेब में रखा।

**मंगलवार था।**

बुधवार की रात आर्यन बहाना बनाकर निकला — माँ को फोन किया कि दोस्त के घर जा रहा हूँ।

*झूठ बोलते वक्त हाथ थोड़े काँपे।*

गली संकरी थी। दोनों तरफ पुरानी दुकानें — बंद।

एक जगह, दीवार से लगा लाल रंग का दरवाज़ा था।

रंग इतना पुराना कि लग रहा था किसी ने ज़माने पहले लगाया था और उसके बाद कभी नहीं देखा।

आर्यन ने दस्तक दी।

अंदर से एक आवाज़ आई — "कौन?"

"मुझे नहीं पता," आर्यन ने कहा।

**दरवाज़ा खुल गया।**

अंदर एक छोटा-सा कमरा था, दीवारें काग़ज़ से भरी थीं — नक्शे ,कतरनें, तस्वीरें।

एक पुरानी मेज़ के पीछे तीन लोग बैठे थे।

एक  वो बुज़ुर्ग — वही जो मेट्रो में डायरी लिए मिले थे।

दूसरी थी एक लड़की — उम्र होगी कोई तीस साल, बाल जैसे जल्दबाज़ी में सँवारे गए हों, आँखों में वो चमक जो लोग अक्सर किताबें पढ़ते-पढ़ते पा लेते हैं। नाम था — रिया।

तीसरा था एक अधेड़ आदमी — थका हुआ चेहरा, पर नज़रें तेज़।

उसका नाम था जगदीश। कभी सरकारी बैंक में काम करता था।

बुज़ुर्ग बोले — "बैठो।"

आर्यन बैठ गया।

"तुम यहाँ क्यों आए?" रिया ने पूछा।

"क्योंकि मेरा 'विरोध सम्भावना' अंक चौंतीस फीसदी है," आर्यन ने कहा, "और मुझे नहीं पता मैंने क्या किया।"

जगदीश ने एक लम्बी साँस ली।

**"तुमने कुछ नहीं किया," वो बोला, "बस सोचा। और यही काफी था।"**

रिया ने एक पुरानी फाइल मेज़ पर रखी।

"यह निवारण का असली ढाँचा है," वो बोली, "जो सरकार ने बताया था — 'नागरिक सुरक्षा' — वो झूठ था।

यह व्यवस्था असल में लोगों को मापती है,उनकी सोच को, उनके सवालों को, जो जितना ज़्यादा सवाल करता है — उसका अंक उतना नीचे।"

"पर यह क्यों?" आर्यन ने पूछा।

बुज़ुर्ग खड़े हुए, दीवार पर एक बड़ी तस्वीर थी — एक पिरामिड ,ऊपर एक आँख।

"यह निशान तुमने कहीं देखा है?"

"हाँ," आर्यन ने कहा।

"अमेरिकी मुद्रा पर।"

**"और अपने आधार पत्र के QR कोड के पीछे।"**

आर्यन ने उनकी तरफ देखा।

"यह महज़ एक निशान नहीं है," बुज़ुर्ग बोले। "यह एक सोच है।

एक पुरानी सोच।

जो सदियों से यह तय करती आई है कि दुनिया कैसे चलेगी।"

उस रात आर्यन पहली बार समझा —

कि जाल तब नहीं बुना जाता जब तुम सो रहे होते हो।

जाल तब बुना जाता है जब तुम जाग रहे होते हो —

और खुद उसमें धागे थामे होते हो।

# अध्याय – 3

## पैसे का असली सच

अगली कई रातें उस छोटे कमरे में बीतीं।

जगदीश बोलता, बाकी सुनते। आर्यन सबसे ज़्यादा सुनता।

"पैसे को समझो," जगदीश ने एक रात कहा, "जब तक पैसा (rupee) नहीं समझोगे — कुछ नहीं समझोगे।"

आर्यन ने पूछा, "पैसे में क्या समझने जैसा है? जितना कमाओ, उतना खर्च करो।"

जगदीश ने हल्के से मुस्कुराया, जैसे उसने यह बात पहले भी सुनी हो — और जानता हो कि यही जवाब आएगा।

"तुम्हारे घर में एक सौ रुपए का नोट है", वो बोला।

"उसे निकालो।"

आर्यन ने निकाला।

"उसकी पीठ पर क्या है?"

"रिज़र्व बैंक का वादा।"

"वादा किसका? किसे?" जगदीश ने आँखें उठाईं।

आर्यन चुप।

"यह नोट कागज़ है, इसके पीछे कोई सोना नहीं, कोई ज़मीन नहीं।

बस एक भरोसा है — कि यह चलेगा। और यह भरोसा जो बनाए रखता है — वही असली ताकत है।

वही तय करता है कि तुम्हारी मेहनत की क़ीमत क्या होगी।"

रिया ने एक पुराना नक्शा खोला।

"उन्नीसवीं सदी में एक परिवार था — यूरोप का।

पाँच भाई।

पाँच देशों में।

और एक ही खजाना।"

"रोथ्सचाइल्ड परिवार," जगदीश ने नाम लिया।

"जब नेपोलियन लड़ा — उन्होंने दोनों पक्षों को पैसा दिया।

जो भी जीते — उनका मुनाफा था।

युद्ध हारे या जीतें — इनका नुकसान नहीं था।

" रिया बोली।

"और जब वाटरलू की लड़ाई हुई," जगदीश ने जोड़ा, "तो उनके आदमी को सबसे पहले नतीजा पता चला।

उसने बाज़ार में अफवाह फैलाई कि ब्रिटेन हार गया। सबने अपने शेयर बेचे। उसने सब सस्ते में खरीद लिए।

और जब सच सामने आया — रात में वो यूरोप का सबसे अमीर आदमी बन चुका था।"

आर्यन ने रुककर पूछा, "यह आज से दो सौ साल पहले की बात है।

अभी क्या लेना-देना?"

"अभी?" बुज़ुर्ग बोले",अभी उन्हीं के वंशज दुनिया के केंद्रीय बैंक चलाते हैं।

अमेरिका का फेडरल रिज़र्व — जिसे लोग सरकारी मानते हैं — वो निजी बैंकरों का समूह है।

1913 में, जब संसद के सदस्य क्रिसमस की छुट्टियों में थे — चुपचाप एक कानून पास हुआ, और उसी दिन से अमेरिका का पैसा एक निजी हाथ में चला गया।"

> **"जो पैसा छापे — वो राजा, जिसे पैसा चाहिए — वो गुलाम।"**

"और भारत?" आर्यन ने धीमे से पूछा,जगदीश ने गहरी साँस ली।

***"भारत की कहानी और भी पुरानी है।"***

"अंग्रेज़ यहाँ व्यापार करने आए थे," रिया बोली।

"पर यह उनका असली मकसद नहीं था,उनका मकसद था — इस देश को तोड़ना।

और तोड़ने का सबसे आसान तरीका था — लोगों को आपस में लड़ाना।"

"1857 के बाद उन्होंने देखा कि जब हिंदू और मुसलमान एक साथ लड़े तो उन्हें हराना मुश्किल हो गया।

तो उन्होंने योजना बनाई — धर्म की दरारों को और गहरा करो।"

"1947 में जो बँटवारा हुआ," जगदीश बोला, "वो अचानक नहीं हुआ, उसे रचा गया था, उस आदमी को जिसने

सीमाएँ खींचीं — रेडक्लिफ को — भारत आने से पहले कभी भारत का नक्शा नहीं देखा था।

उसने कुछ हफ्तों में वो लकीरें खींच दीं जिनके दोनों तरफ लाखों लोग मारे गए।"

"यह भूल नहीं थी," रिया ने कहा ,"यह योजना थी।

एक कमज़ोर, बँटा हुआ उपमहाद्वीप — जो हमेशा लड़ता रहे।

जो कभी एकजुट होकर दुनिया की ताकत न बने।"

> **"कश्मीर का घाव अनसुलझा छोड़ा गया — ताकि भारत और पाकिस्तान हमेशा एक-दूसरे की तरफ देखते रहें — और बाकी दुनिया की तरफ कभी नहीं।"**

आर्यन की आँखें भारी हो आई थीं।

"यह सब इतने साल पहले हुआ, अब क्या फर्क पड़ता है?"

"फर्क यह पड़ता है," बुज़ुर्ग बोले, "कि वो खेल अभी भी जारी है, बस तरीका बदल गया है।

पहले तोपें थीं, अब स्क्रीन है।"

*आर्यन के दिमाग में वो सन्देश घूमा —*

*'आपका नागरिक अंक गिरकर 71 हो गया है।'*

# अध्याय – 4

स्क्रीन के पीछे

उस रात आर्यन ने जगदीश से एक सवाल पूछा जो उसे बहुत देर से परेशान कर रहा था —

**"यह सब अगर इतनी बड़ी साजिश है — तो कोई क्यों नहीं बोलता?"**

जगदीश ने मेज़ पर हाथ रखा।

"बोलते हैं। बहुत लोग बोलते हैं।"

"तो फिर?"

***"तो फिर उनके साथ क्या होता है — वो भी सुनो।"***

रिया ने एक नाम लिखा — सुचिर बालाजी।

"छब्बीस साल का लड़का था, भारतीय मूल का। अमेरिका की एक बड़ी तकनीकी कंपनी में काम करता था — जो आज की सबसे बड़ी 'कृत्रिम बुद्धिमत्ता' (AI) बनाती है।" रिया बोली।

"उसने खुलासा किया कि यह कंपनी करोड़ों लोगों का लेखन, उनकी किताबें, उनके विचार — बिना इजाज़त के अपनी मशीन को सिखाने के लिए इस्तेमाल कर रही है।

यानी दुनिया भर की सोच चुराकर एक मशीन बनाई जा रही थी — जो आगे चलकर सब कुछ नियंत्रित करे।"

"और फिर?" आर्यन ने पूछा।

"फिर — 2024 के नवंबर में — वो अपने घर में मृत मिला।"

"कैसे?"

*"अधिकारियों ने कहा — खुद किया।"*

*"उसके परिवार ने कहा — असम्भव है।"*

> **"सच बोलने वालों को चुप कराने का सबसे आसान तरीका — उन्हें मिटा दो। और फिर कहो कि वो खुद मिटे।"**

"यूलियन असांज को याद है?" जगदीश ने पूछा।

"वो जो सरकारी राज़ उजागर करता था?"

"हाँ। उसने अमेरिकी फौज के वो दस्तावेज़ दुनिया को दिखाए जो इराक और अफगानिस्तान में हुए असली कत्लेआम

की कहानी बताते थे, उसने दिखाया कि कैसे नेता झूठ बोलते हैं — और पत्रकार मारे जाते हैं।"

"उसे दस साल तक एक दूतावास में क़ैद रखा गया, फिर जेल, फिर एक समझौते के बाद — रिहाई।

पर उसकी आवाज़ अब पहले जैसी नहीं।"

बुज़ुर्ग बोले — "यह नई दुनिया में जेल की दीवारें नहीं होतीं, सिर्फ स्क्रीन होती है।"

"निवारण 2.0 का असली मकसद समझो," रिया ने कहा। "पहले चरण में नागरिक अंक था — जो तुम्हारे व्यवहार को माप रहा था, अगले चरण में आएगी डिजिटल मुद्रा।"

"यानी?" आर्यन ने पूछा।

"यानी — नगद पैसा ख़त्म,सब कुछ अदृश्य संख्याओं में, और वो संख्याएँ एक केंद्रीय जगह से नियंत्रित होंगी, अगर सरकार को लगा कि तुम 'सही' नहीं हो — तुम्हारे पैसे बंद।"

"यह तो चीन में हो रहा है," आर्यन ने कहा।

"हो रहा था..., अब भारत में भी हो रहा है,परीक्षण शुरू हो चुके हैं", जगदीश ने फाइल आगे सरकाई।

आर्यन ने पढ़ा — रिज़र्व बैंक की एक आंतरिक रिपोर्ट थी, उसमें लिखा था कि 2026 तक सभी लेन-देन को 'पहचान-आधारित डिजिटल प्रणाली' में लाया जाए।

> **"जिस दिन नगद ख़त्म होगा — उस दिन आखिरी आज़ादी भी ख़त्म होगी। क्योंकि जब हर पैसा दिखता है — तो हर इंसान दिखता है।"**

आर्यन ने फाइल रखी।

लम्बे समय तक चुप रहा।

**फिर बोला — "तो क्या करें?"**

बुज़ुर्ग ने उसकी आँखों में देखा।

"पहले — जागो, फिर — दूसरों को जगाओ।"

"पर कैसे? कोई सुनता नहीं।"

"सुनते हैं। जब बात उनकी ज़िंदगी से जुड़ी हो", रिया ने कहा, "डर से नहीं — समझ से जगाओ।"

घर लौटते वक्त आर्यन ने अपना मोबाइल निकाला।

निवारण खोला।

स्क्रीन पर लिखा था —

> **"आपका नागरिक अंक : 75. आप सुरक्षित क्षेत्र में हैं, बधाई!"**

आर्यन ने देखा।

फिर उसने 'स्थान-साझेदारी' बंद की।

**अंक गिरकर 71 हो गया।**

***इस बार हाथ नहीं काँपे।***

*अध्याय पाँच में :*

*आर्यन को पता चलता है — उसके दफ्तर में एक और आदमी*

*है*

*जो उसी चीज़ की तलाश में है।*

*या शायद — उसकी तलाश में है।*

## — सच जो कहानी में छुपा है —

*यह उपन्यास पूरी तरह काल्पनिक है।*

**पर —**

*• चीन का 'सामाजिक अंक प्रणाली' पहले से 1 अरब से अधिक नागरिकों पर लागू है।*

*• भारत के रिज़र्व बैंक ने डिजिटल सरकारी मुद्रा का परीक्षण शुरू किया है।*

*• 2024 में 14 देशों में नागरिक व्यवहार माप प्रणालियाँ चल रहीं हैं।*

*• 1913 का अमेरिकी फेडरल रिज़र्व कानून आज भी निजी बैंकरों के हाथ में है।*

*• विश्व आर्थिक मंच ने 2030 तक सार्वभौमिक डिजिटल पहचान की घोषणा की है।*

*• सुचिर बालाजी — 26 साल — नवंबर 2024 में संदिग्ध परिस्थितियों में मृत मिला।*

*कल्पना और सच के बीच की दूरी —*

***शायद उतनी नहीं जितनी आप सोचते हैं।***

# अध्याय – 5

वो आदमी जो देख रहा था

**आर्यन को लगा था कि वो अकेला है।**

*पर वो कभी अकेला नहीं था।*

यह बात उसे समझ आई एक मंगलवार को — दोपहर की चाय के वक्त।

वो कैंटीन में अकेला बैठा था, टेबल पर फोन था — बंद। उसने कुछ दिनों से फोन कम खोला था, जब भी खोलता, निवारण की सूचनाएँ आती थीं — 'आज आपका स्क्रीन-समय ज़्यादा है', 'आपके मोहल्ले में एक संदिग्ध गतिविधि दर्ज की गई', 'कृपया अपनी जानकारी अपडेट करें।'

*हर सूचना एक छोटी-सी दीवार थी।*

*और वो दीवारें धीरे-धीरे चारों तरफ बन रही थीं।*

उसी दिन उसने पहली बार सुरेश मेहता को ध्यान से देखा।

सुरेश उसी दफ्तर में था — पर दूसरे विभाग में।

बड़ी उम्र, पचास के आसपास, बाल सफेद होने लगे थे।

रोज़ एक जैसी नीली कमीज़।

रोज़ एक जैसी चाल — धीमी, पर जानी-पहचानी।

आर्यन ने उसे पहले भी देखा था,पर आज कुछ अलग

था।

**सुरेश उसे देख रहा था।**

देख रहा था — जैसे कोई किसी को पहचान रहा हो। उस तरह नहीं जैसे लोग अजनबियों को देखते हैं — बल्कि उस तरह जैसे कोई उस इंसान को देखता है जिसके बारे में वो बहुत कुछ जानता हो।

आर्यन ने नज़रें हटा लीं।

पर जब वो उठकर जाने लगा — सुरेश ने धीरे से कहा, बिल्कुल पास आकर —

> **"लाल दरवाज़े पर जाना बंद करो, वो जगह नज़र में है।"**

आर्यन के पैर रुक गए।

उसने पलटकर देखा।

सुरेश आगे जा चुका था।

*जैसे कुछ हुआ ही नहीं।*

उस रात आर्यन बुज़ुर्ग के पास गया — पर लाल दरवाज़े से नहीं।

उसने रिया को मैसेज किया — एक पुराने तरीके से जो रिया ने सिखाया था — कागज़ पर पता लिखकर, डाकिए के हाथ भेजकर।

**"सुरेश मेहता को जानते हो?"**

अगले दिन जवाब आया।

***"वो हमारे थे, पर अब नहीं हैं।"***

तीन दिन बाद सुरेश ने आर्यन को फिर रोका — इस बार लिफ्ट में।

"मैं दुश्मन नहीं हूँ," उसने कहा।

"तो क्या हो?" आर्यन ने पूछा।

"एक आदमी जो पहले वही था जो तुम बनने की कोशिश कर रहे हो।"

लिफ्ट रुकी।

सुरेश उतरा।

फिर पलटकर बोला —

> **"वो लोग अच्छे हैं, पर वो तुम्हें बचा नहीं सकते, जब व्यवस्था चाहती है— कोई नहीं बचता।"**

दरवाज़ा बंद हो गया।

*आर्यन अकेला था — ऊपर जाती लिफ्ट में।*

उस रात आर्यन ने बुज़ुर्ग से पूछा — "सुरेश के साथ क्या हुआ था?"

बुज़ुर्ग देर तक चुप रहे।

फिर बोले —

"उसका बेटा था, नौ साल का, एक दिन स्कूल से लौटते वक्त — दुर्घटना हुई।"

"दुर्घटना?"

"कागज़ों में दुर्घटना लिखा था", बुज़ुर्ग ने कहा, "सुरेश मानता है कि नहीं थी।"

"और तुम?"

"मैं जानता हूँ कि नहीं थी", बुज़ुर्ग की आवाज़ में कोई कँपकँपाहट नहीं थी, सिर्फ एक पुराना, सूखा दर्द था।

कमरे में लम्बी चुप्पी बैठ गई।

*आर्यन ने पहली बार महसूस किया —*

*कि यह सिर्फ विचारों की लड़ाई नहीं है।*

*यह उन लोगों की लड़ाई है जिन्होंने कुछ खोया है।*

*और उन लोगों की — जो अभी तक कुछ नहीं खोए।*

# अध्याय – 6

## विकास का झूठ

जगदीश उस रात बहुत देर तक बोलता रहा।

बाहर बारिश हो रही थी, कमरे की छत पर बूँदें टप-टप पड़ रही थीं। रिया ने एक पुरानी लालटेन जलाई — बिजली नहीं थी।

"देश तरक्की कर रहा है," जगदीश ने व्यंग्य से कहा। "जीडीपी बढ़ रही है, सरकार बोलती है — हम दुनिया की पाँचवीं सबसे बड़ी अर्थव्यवस्था हैं।"

"तो?" आर्यन ने पूछा।

"तो — इस जीडीपी की संख्या में यह नहीं जुड़ता कि पंजाब में पिछले तीस साल में तीन लाख किसानों ने जान दी।

वो जीडीपी में नहीं आता, उनका दर्द नहीं आता, उनका कर्ज़ नहीं आता।"

रिया ने एक नक्शा खोला — भारत का, उस पर कुछ जगहें लाल निशान से दागी थीं।

"यहाँ हरित क्रांति आई थी," वो बोली। "1960 के दशक में, रॉकफेलर फाउंडेशन और कुछ विदेशी संस्थाओं ने मिलकर भारत के किसानों को देसी बीज छोड़कर नया बीज अपनाने के लिए कहा। कहा — इससे तीन गुना फसल होगी।"

"और हुई?"

"शुरू में हुई, पर उस बीज को हर साल नया खरीदना पड़ता था, रसायन चाहिए था, खाद चाहिए था, पानी ज़्यादा चाहिए था", रिया बोली।

"और जब फसल कम हुई — तो कर्ज़ आया।"

"और कर्ज़ के बाद?"

"बाद — खेत बिके, फिर घर , फिर..." वो रुक गई।

**बुज़ुर्ग ने पूरा किया — "फिर किसान।"**

"यह सब जानबूझकर था?" आर्यन ने पूछा।

जगदीश ने सिर हिलाया।

> **"जब किसान आत्मनिर्भर हो — तो वो किसी पर निर्भर नहीं। पर जब वो कर्ज़ में डूबा हो — तो वो वोट भी वहीं देता है जहाँ माफी की उम्मीद हो।"**

और इस उम्मीद को जो नियंत्रित करे — वो असली राजा है।"

"यानी बीज का जाल — असल में राजनीति का जाल था?"

" राजनीति, बीज, मीडिया, शिक्षा — सब एक ही जाल के अलग-अलग धागे हैं", जगदीश ने कहा।

रिया ने एक और काग़ज़ निकाला।

"2020 में तीन कृषि कानून आए, सरकार ने कहा — किसानों के लिए हैं, पर उनमें एक बात थी जो किसानों ने पढ़ी — 'अब बड़ी कंपनियाँ सीधे तुमसे खरीद सकती हैं।'"

"यानी मंडी ख़त्म।"

"यानी जो दाम तय करेगा — वो किसान नहीं, कंपनी करेगी", रिया बोली,"किसान सड़कों पर आए, एक साल लड़े,सात सौ से ज़्यादा मारे गए, आखिर में कानून वापस हुए।"

> **"यह पहली बार था जब जाल टूटा —**
> **इसलिए नहीं कि व्यवस्था ने चाहा,**
> **बल्कि इसलिए कि लोग जागे।"**

बारिश तेज़ हो गई थी।

जगदीश थोड़ी देर चुप रहा, फिर बोला —

"पर कुछ लोग थे — जो पहले से लड़ रहे थे, किसानों से भी पहले।"

"कौन?" आर्यन ने पूछा।

"झारखंड के आदिवासी, छत्तीसगढ़ के,ओडिशा के।

वे जंगल में रहते थे ,पीढ़ियों से , जंगल उनका घर था, उनकी दवाई थी, उनका भोजन था।"

रिया ने नक्शे पर कुछ और निशान दिखाए — लाल नहीं, काले।

"फिर एक दिन कंपनियाँ आईं, सरकारी काग़ज़ लेकर, उन काग़ज़ों पर लिखा था — इस ज़मीन के नीचे लोहा है, कोयला है, बॉक्साइट है।"

"और आदिवासियों ने क्या किया?" आर्यन ने पूछा।

"वही जो कोई भी करता — अपना घर बचाने की कोशिश की।"

"और तब?" आर्यन ने पूछा।

बुज़ुर्ग बोले — "तब उन्हें एक नाम दिया गया।"

"क्या नाम?"

"नक्सली, माओवादी, आतंकवादी।"

कमरे में चुप्पी छा गई।

"जो अपनी ज़मीन बचाए — वो देशद्रोही।" जगदीश की आवाज़ में एक पुरानी थकान थी, "जो उसकी ज़मीन छीने — वो विकास।"

आर्यन ने सोचा — यह शब्द उसने पहले भी सुने थे, टीवी पर। अखबार में, 'नक्सली मारे गए' 'माओवादी ढेर' उसने कभी नहीं पूछा था — वे लोग थे कौन।

"उनमें से कुछ सच में हथियार उठा लेते हैं," रिया ने कहा, "पर पहले हथियार नहीं उठाते।

पहले अर्जी देते हैं, फिर आंदोलन करते हैं, फिर सड़क रोकते हैं।

और जब कुछ नहीं होता —"

"तब?" आर्यन ने पूछा।

"तब कुछ टूट जाते हैं।

और जो टूट जाते हैं — उन्हें सबूत की तरह इस्तेमाल किया जाता है। 'देखो — ये सब आतंकवादी हैं', और बाकी सबको भी उसी डंडे से नापा जाता है।"

जगदीश बोला — "बिनायक सेन डॉक्टर थे, आदिवासियों का इलाज करते थे, उन्हें राजद्रोह में जेल हुई।

सोनी सोरी शिक्षिका थीं, उन पर वही आरोप लगे जो आतंकवादियों पर लगते हैं।"

"क्यों?" आर्यन ने पूछा।

"क्योंकि उन्होंने सवाल किया। और सवाल करना — इस व्यवस्था में सबसे खतरनाक काम है।"

बुज़ुर्ग ने दीवार पर टँगे नक्शे की तरफ देखा।

"भारत के जंगलों में दुनिया के कुछ सबसे कीमती खनिज हैं।

और उन जंगलों में वे लोग रहते हैं जो सबसे ग़रीब हैं, यह संयोग नहीं है।"

"यानी?" आर्यन ने पूछा।

"यानी — जब तक वे ज़िंदा हैं और लड़ रहे हैं — खनिज नहीं निकलेगा।

इसलिए उन्हें हटाना है,और हटाने का सबसे आसान तरीका — उन्हें दुश्मन बता दो।"

आर्यन ने खिड़की से बाहर देखा।

बारिश अभी भी हो रही थी।

*वो लोग अभी भी किसी जंगल में हैं — अपनी ज़मीन बचाने की कोशिश में।*

*और यहाँ हम — अपने कमरों में, अपनी स्क्रीन पर — उन्हें आतंकवादी समझते रहे।*

"**जाल टूट सकता है**", आर्यन ने धीरे से कहा।

पर अब उसे पता था — जाल सिर्फ एक नहीं है।

# अध्याय – 7

## बीमारी का व्यापार

किसानों की बात खत्म हुई थी।

जगदीश ने अचानक माथे पर हाथ रखा।

**"बुखार लग रहा है।"**

रिया उठी — "दवाई लाती हूँ।"

बुज़ुर्ग ने हाथ उठाया,"रुको।"

"बुखार है — दवाई तो लेनी पड़ेगी," रिया ने कहा।

**"ज़रूर लेना," बुज़ुर्ग बोले।**

**"पर पहले यह जानो — वो दवाई आई कहाँ से।"**

"एक आदमी था," बुज़ुर्ग ने कहा। "अमेरिका में। उन्नीसवीं सदी के अंत में, नाम था — जॉन डी. रॉकफेलर।"

"वही जो दुनिया का सबसे अमीर आदमी था?" आर्यन ने पूछा।

"हाँ। उसने अपनी दौलत पेट्रोलियम से बनाई, और पेट्रोलियम निकालते वक्त एक चीज़ बचती है — कोलतार। बेकार, फेंकने लायक", बुज़ुर्ग रुके, "रॉकफेलर ने सोचा — इसे दवाई में बदलो।"

"दवाई?" आर्यन ने चौंककर देखा।

"हाँ, उन्होंने 1910 में एक रिपोर्ट छपवाई — 'फ्लेक्सनर रिपोर्ट', उसमें लिखा था — असली चिकित्सा सिर्फ यही है। आयुर्वेद, जड़ी-बूटी, होम्योपैथी — सब ढकोसला है।"

> **"उस एक रिपोर्ट ने दुनिया भर की पारंपरिक चिकित्सा को 'अवैज्ञानिक' घोषित कर दिया।"**

"और भारत?" आर्यन ने पूछा।

"भारत में हज़ारों साल पुरानी आयुर्वेद व्यवस्था थी, हर गाँव में वैद्य थे, जंगलों में जड़ी-बूटियाँ थीं, इलाज मुफ्त था — या बहुत सस्ता।"

"फिर अंग्रेज़ आए, वैद्यों को 'झोलाछाप' कहा, 1865 में वन अधिनियम आया — जंगलों पर नागरिकों का अधिकार छिन गया, जड़ी-बूटियों की जड़ें काट दी गईं।"

> **"जंगल काटे गए — लकड़ी के लिए नहीं, आयुर्वेद की जड़ें काटने के लिए।"**

"और कैंसर?" आर्यन ने पूछा। पता नहीं क्यों पूछा।

जगदीश ने धीरे से कहा — "कीमोथेरेपी — पेट्रोकेमिकल से बनती है, वही तेल का कचरा, एक कोर्स में लाखों रुपए, और वो कैंसर कोशिकाओं के साथ-साथ स्वस्थ कोशिकाएँ भी मारती है।"

> **"बीमार इंसान — सबसे अच्छा ग्राहक है, जो ठीक हो जाए — वो ग्राहक नहीं रहता।"**

आर्यन के दिमाग में उसके पिता की तस्वीर आई।

*तीन साल पहले — कैंसर, छः महीने अस्पताल, घर बिका, और अंत में — पिता नहीं बचे।*

उसने कभी यह सवाल नहीं किया था।

**आज पहली बार किया।**

रिया ने जगदीश को काढ़ा बनाकर दिया।

अदरक, तुलसी, काली मिर्च — घर में ही था।

आधे घंटे में जगदीश की तबीयत ठीक होने लगी।

*जो मुफ्त में मिले — उसे बेकार बताया जाता है।*

*जो बिकता हो — उसे ज़रूरी बताया जाता है।*

*यही जाल है।*

बारिश बंद हो गई थी।

रिया ने लालटेन बुझाई।

अब सिर्फ बाहर की रोशनी आ रही थी — दूर किसी मकान से।

"एक बात पूछनी है," आर्यन ने कहा।

"पूछो।"

"हम यह सब जानकर — करते क्या हैं? बुज़ुर्ग ने कहा था — जागो, दूसरों को जगाओ। पर कैसे? लोग सुनते नहीं। वो निवारण देखते हैं, सोचते हैं — सुरक्षित हूँ, वो जीडीपी सुनते हैं, सोचते हैं — देश आगे बढ़ रहा है।"

बुज़ुर्ग उठे।

दीवार पर टँगे उस पिरामिड के पास गए।

उसके नीचे एक और तस्वीर थी — एक मेंढक, उबलते पानी में।

"मेंढक तब नहीं भागता जब पानी धीरे-धीरे गरम हो, वो तब भागता है जब उसे एक झटके में पता चले कि वो मर रहा है।" बुज़ुर्ग बोले।

"तो हम उन्हें झटका देते हैं?"

"नहीं", बुज़ुर्ग ने कहा, "हम उन्हें — महसूस कराते हैं। डर से नहीं — अपनेपन से, उन्हें बताते हैं कि जो उनका किसान है, जो उनका पानी है, जो उनका बीज है — वो सब ख़तरे में है। और तब वो खुद जागते हैं।"

*आर्यन को याद आया —*
*वो बुज़ुर्ग जो मेट्रो में मिला था।*
*उसने कोई तर्क नहीं दिया था।*
*बस तीन शब्द लिखे थे।*
*और वो काफी था।*

# अध्याय – 8

## डर जो नाम बदलता है

दफ्तर में एक और बात हो रही थी।

आर्यन को कुछ दिनों से लग रहा था — उसकी मेज़ पर रखी फाइलें थोड़ी अलग जगह होती हैं, जैसे कोई उन्हें उठाकर वापस रखता हो, कंप्यूटर की स्क्रीन थोड़ी और तिरछी, कुर्सी थोड़ी और बाहर।

छोटी-छोटी बातें।

*इतनी छोटी कि किसी से कहो तो वो हँसे।*

पर आर्यन को जगदीश की बात याद थी —

> **"धीरे-धीरे उबाल। इतना धीरे कि मेंढक को पता न चले।"**

एक दिन प्रिया ने बुलाया।

"आर्यन, तुम्हारा नागरिक अंक पिछले महीने से गिरता जा रहा है।"

"मुझे पता है।"

"कंपनी की नीति है — 65 से नीचे गया तो समीक्षा होगी।"

"किस चीज़ की समीक्षा?"

"तुम्हारी — पदनीयता की।"

आर्यन ने उसे देखा।

प्रिया की आँखों में वो भाव था जो उसने पहले भी देखा था — वो भाव जो कहता है 'मैं कुछ नहीं कर सकती, यही नियम है।'

***पर आर्यन को अब समझ आया था — 'यही नियम है' — यह खुद एक जाल है।***

उस रात बुज़ुर्ग ने एक नया अध्याय खोला।

"युद्ध, महामारी, संकट — यह तीनों एक ही काम के लिए आते हैं," वो बोले।

"डर पैदा करने के लिए," रिया ने जोड़ा।

"और जब लोग डरे हों — तो वो किसी भी सुरक्षा के बदले अपनी आज़ादी देने को तैयार हो जाते हैं।"

बुज़ुर्ग ने कहा।

"जैसे 2001 में अमेरिका में दो इमारतें गिरीं," जगदीश ने कहा, "उसके बाद एक कानून आया — जो कहता था कि सरकार बिना वारंट किसी के भी फोन सुन सकती है।

किसी का भी पत्र पढ़ सकती है।

लोगों ने मंज़ूरी दी — क्योंकि वो डरे हुए थे।"

"और भारत?" आर्यन ने पूछा।

"भारत में — जब भी कोई बड़ा कानून आता है जो आज़ादी पर असर डाले — उससे पहले एक संकट आता है। कभी सरहद पर तनाव, कभी दंगा, कभी महामारी।

डर बनाओ, कानून लाओ।"

> **"समस्या लाओ — घबराहट फैलाओ — समाधान दो, और उस समाधान में अपनी असली ताकत छुपा लो।"**

आर्यन ने यह सुना।

उसके दिमाग में निवारण के वो विज्ञापन घूमे — 'देश सुरक्षित, आप सुरक्षित।'

*वो विज्ञापन डर से पहले आया था — या डर के साथ?*

*उसे याद नहीं था।*

***और शायद — यही योजना थी।***

घर लौटते वक्त आर्यन की माँ का फोन आया।

"कैसा है बेटा? खाना खाया?"

"हाँ माँ।"

"निवारण का नया अपडेट आया है। कह रहा है अब घर पर एक 'स्मार्ट बोर्ड' लगवाओ — बच्चों की पढ़ाई के लिए, सरकार मुफ्त दे रही है।"

आर्यन रुक गया।

"माँ — मत लगवाना।"

"क्यों? सब लगवा रहे हैं।"

**"माँ, मुफ्त कुछ नहीं होता।"**

फोन पर एक पल की चुप्पी थी।

फिर माँ ने कहा — "तू ठीक है न?"

**आर्यन ने कहा — "हाँ माँ, बस — थोड़ा जाग गया हूँ।"**

*अध्याय आठ में :*

*रिया को पकड़ा जाता है।*

*और आर्यन को पहली बार चुनना पड़ता है —*

*चुप रहना, या बोलना।*

## — सच जो इस अध्याय में छुपा है —

*• 1960–80 के बीच भारत में हरित क्रांति के नाम पर किसानों को विदेशी बीज पर निर्भर बनाया गया।*

*• 1995–2021 तक भारत में 3 लाख से ज़्यादा किसानों ने आत्महत्या की — ज़्यादातर कारण कर्ज़।*

*• 2020 के तीन कृषि कानूनों के विरोध में एक साल तक आंदोलन चला — और कानून वापस हुए।*

*• 2001 के बाद अमेरिका में 'पैट्रियट एक्ट' के तहत बिना वारंट निगरानी कानूनी हो गई।*

*• एडवर्ड स्नोडेन ने 2013 में बताया कि अमेरिका दुनिया भर के नागरिकों की जासूसी कर रहा था।*

*• चीन की 'स्मार्ट क्लासरूम' तकनीक में छात्रों का चेहरा, ध्यान और भाव रोज़ रिकॉर्ड होते हैं।*

**कहानी जारी है।**

# अध्याय – 9

## जब रिया नहीं आई

**वो बुधवार था।**

रिया को रात नौ बजे आना था।

दस बजे तक नहीं आई।

ग्यारह बजे बुज़ुर्ग ने कमरे में आकर कहा — "जाओ। अभी। अलग-अलग रास्तों से।"

उन्होंने कोई और बात नहीं की।

कोई सवाल नहीं किया।

जगदीश ने बस एक बार खिड़की से बाहर देखा — फिर अपनी फाइलें एक थैले में डालीं और चुपचाप निकल गया।

आर्यन घर लौटा।

रात भर सोया नहीं।

अगले दिन दफ्तर में जब वो अपनी कुर्सी पर बैठा —

उसके मोबाइल पर एक सन्देश था।

निवारण का।

> **"नागरिक पहचान पत्र संख्या : RD-2291। रिया दास, राष्ट्र-विरोधी गतिविधि के संदेह में हिरासत में। परिवार को सूचित किया गया।"**

आर्यन ने स्क्रीन देखी।

फिर चारों तरफ देखा।

दफ्तर वैसा ही था — लोग अपने-अपने काम में थे। कोई उसे नहीं देख रहा था, या शायद सब देख रहे थे।

उसने मोबाइल जेब में रखा।

काम शुरू किया।

वैसे ही जैसे हर रोज़ किया था।

***पर अंदर कुछ टूट गया था।***

दोपहर को सुरेश मिला।

उसने कुछ नहीं कहा।

बस एक काग़ज़ का टुकड़ा थमाया।

उस पर लिखा था —

**"उन्होंने उसे 'सामग्री नियंत्रण उल्लंघन' में पकड़ा है, इसका मतलब है — उसने कुछ लिखा जो निवारण के एल्गोरिदम को 'संदिग्ध' लगा, सज़ा : छः महीने का 'डिजिटल पुनर्निर्माण केंद्र।"**

आर्यन ने काग़ज़ पढ़ा।

"डिजिटल पुनर्निर्माण केंद्र — यानी?" उसने पूछा।

सुरेश बोला — "यानी — वो जगह जहाँ लोगों की सोच बदली जाती है।"

"कैसे?"

*"धीरे-धीरे, वही तरीका जो तुम्हें पहले से पता है।"*

उस रात आर्यन अकेला बैठा रहा।

उसके सामने दो रास्ते थे।

*एक — चुप रहो, काम करो, अंक बनाए रखो, जीते रहो।*

*दूसरा — बोलो, लिखो, बताओ और जो रिया के साथ हुआ — वो तुम्हारे साथ भी होने दो।*

उसने मोबाइल उठाया।

फिर रखा।

फिर उठाया।

**और उसने वो काम किया जो उसने पहले कभी नहीं किया था — उसने लिखा।**

*एक आम आदमी की तरह।*

*बिना नाम के।*

*बिना पते के।*

*बस — सच लिखा।*

# अध्याय – 10

## वो जो लिखा गया

आर्यन ने जो लिखा — वो लम्बा नहीं था।

बस एक पन्ना।

उसमें उसने लिखा —

*"मेरा नाम नहीं बताऊँगा, पर बताऊँगा जो देखा।*

*मैंने देखा — एक लड़की जो सच बोलती थी, पकड़ी गई।*

*मैंने देखा — एक आदमी जो अपने बेटे को खोने के बाद चुप हो गया।*

*मैंने देखा — एक बुज़ुर्ग जो अभी भी नहीं*

*चुप हुआ।*

*मैंने देखा — एक व्यवस्था जो हमें सुरक्षित*

*रखने का वादा करती है — और बदले में*

*हमारी हर साँस माँगती है।*

*मैं एक आम आदमी हूँ, मुझे नहीं पता मेरी*

*आवाज़ कितनी दूर जाएगी।*

*पर जाने दो जितनी जाए।"*

उसने यह पन्ना एक पुराने तरीके से भेजा — जो बुज़ुर्ग ने सिखाया था।

डिजिटल नहीं, हाथ से, काग़ज़ पर।

दस लोगों को, जिन्हें वो थोड़ा-थोड़ा जानता था।

*और उनसे कहा — 'अगर सहमत हो — आगे भेजो।'*

यही था।

बस यही।

तीन दिन बाद दफ्तर में प्रिया ने बुलाया।

"तुम्हारा नागरिक अंक 52 हो गया है", उसने कहा।

"मुझे पता है", आर्यन ने कहा।

"52 पर — नौकरी की समीक्षा होगी।"

**"मुझे पता है।"**

प्रिया ने उसे देखा।

कुछ देर चुप रही।

फिर धीरे से बोली — "तुम डरते नहीं?"

आर्यन ने सोचा।

सच में सोचा।

**"डरता हूँ," उसने कहा, "पर जो नहीं बोलता — वो इससे भी ज़्यादा चीज़ खोता है।"**

प्रिया ने कुछ जवाब नहीं दिया।

पर जाते-जाते उसने एक पल रुककर पूछा —

*"वो काग़ज़... मुझे भी मिला था, किसी ने भेजा था।"*

उस रात बुज़ुर्ग का एक सन्देश आया।

काग़ज़ पर, उसी पुराने तरीके से।

लिखा था —

> **"तुम्हारा काग़ज़ — अब तक तीन सौ लोगों तक पहुँचा है, उनमें से कुछ ने आगे भेजा, उनमें से कुछ ने खुद लिखा, जाल में एक छेद हो गया है। छोटा, पर है।"**

*आर्यन ने वो काग़ज़ तहाकर रख लिया।*

*अपनी किताब के अंदर।*

*वही किताब — जो उसने कभी ठीक से पढ़ी नहीं थी।*

*पर अब पढ़ेगा।*

# अध्याय – 11

## जाल

**छः महीने बाद।**

रिया लौटी।

दुबली हो गई थी, आँखों में वो पुरानी चमक — थोड़ी धीमी थी, पर थी।

बुज़ुर्ग के उस छोटे कमरे में तीनों फिर मिले — आर्यन, जगदीश, और रिया।

बुज़ुर्ग वहाँ नहीं थे।

"कहाँ हैं?" आर्यन ने पूछा।

रिया ने कहा — "गए।"

"कहाँ?"

"पता नहीं, जाने से पहले यह छोड़ गए।

" उसने एक डायरी आगे रखी।

**वही पुरानी डायरी — जो मेट्रो में आर्यन ने देखी थी।**

जिसके ऊपर लिखा था — 'क्या हम आज़ाद हैं?'

आर्यन ने डायरी खोली।

पहला पन्ना खाली था।

दूसरे पर लिखा था —

> **“जाल को तोड़ा नहीं जाता, जाल को देखा जाता है, जिस दिन तुम उसे देख लो — उस दिन वो आधा टूट जाता है।“**

तीसरे पर —

> **"बाकी आधा तब टूटता है — जब तुम दूसरों को दिखाते हो।"**

चौथे पर सिर्फ एक सवाल था —

**"क्या हम आज़ाद हैं?"**

और नीचे — बुज़ुर्ग की लिखावट में — एक जवाब :

**"अभी नहीं, पर हो सकते हैं।"**

आर्यन ने डायरी बंद की।

बाहर से मेट्रो की आवाज़ आ रही थी।

दिल्ली जाग रही थी।

लाखों मोबाइलों पर निवारण की सूचनाएँ आ रही थीं।

लाखों लोग अपना अंक देख रहे थे।

*लाखों लोग — अपने-अपने जाल में।*

"अब क्या?" रिया ने पूछा।

आर्यन ने जवाब दिया —

> **"अब — एक और पन्ना, एक और आदमी, एक और छेद।"**

जगदीश मुस्कुराया।

***पहली बार।***

उस रात आर्यन ने माँ को फोन किया।

"कैसे हो बेटा?"

"ठीक हूँ माँ।"

"वो स्मार्ट बोर्ड नहीं लगवाया मैंने।"

आर्यन रुक गया।

"क्यों?"

"क्योंकि तूने कहा था — मुफ्त कुछ नहीं होता।"

आर्यन की आँखें भर आईं।

**पहली बार।**

*जाल बड़ा था।*

*बहुत बड़ा।*

*सदियों से बुना गया।*

*पर उसमें एक छेद था।*

*एक माँ का सवाल।*

*एक बेटे की आवाज़।*

*एक काग़ज़ — जो तीन सौ हाथों से होकर गुज़रा।*

**जाल तब टूटता है —**

**जब एक आम आदमी जागता है।**

# उपसंहार

आर्यन का नागरिक अंक आज 49 है।

नौकरी गई।

पर वो काग़ज़ अभी भी चल रहा है।

हज़ारों हाथों से।

रिया ने एक नई जगह एक पुरानी छापाखाने में काम शुरू किया।

जगदीश अपने गाँव लौट गया — जहाँ उसके पिता किसान थे।

सुरेश ने इस्तीफा दे दिया।

बुज़ुर्ग का कोई पता नहीं।

**पर उनकी डायरी आर्यन के पास है।**

और उसके आखिरी पन्ने पर — एक खाली जगह है।

जहाँ अभी कुछ नहीं लिखा।

***शायद — अगली कहानी वहीं से शुरू होती है।***

**— समाप्त —**

## — लेखक की आखिरी बात —

*यह उपन्यास मेरी किताब 'आज़ादी का भ्रम' की आत्मा है।*

*उस किताब में जो सच था — वो इस कहानी में जीता है।*

**जो बातें इस उपन्यास में आईं — वो सब वास्तविकता पर आधारित हैं :**

• नागरिक अंक प्रणाली — चीन में पहले से लागू। 14 देशों में परीक्षण जारी।

• केंद्रीय बैंक डिजिटल मुद्रा — भारत, यूरोप, अमेरिका में विकास हो रहा है।

• रोथ्सचाइल्ड परिवार और फेडरल रिज़र्व — ऐतिहासिक रिकॉर्ड में दर्ज।

• भारत का बँटवारा — इतिहासकारों ने इसे 'योजनाबद्ध अस्थिरता' माना है।

• हरित क्रांति और किसानों का संकट — सरकारी आँकड़ों में दर्ज।

• सुचिर बालाजी की मृत्यु — नवंबर 2024, परिवार ने स्वतंत्र जाँच माँगी।

• जूलियन असांज — 14 साल की लड़ाई के बाद 2024 में रिहाई।

• 'समस्या-प्रतिक्रिया-समाधान' रणनीति — राजनीतिशास्त्र में मान्यता प्राप्त सिद्धांत।

• मैकाले की शिक्षा नीति — 1835 का वो मिनट आज भी उपलब्ध है।

*यह कहानी काल्पनिक है।*

**पर यह सवाल काल्पनिक नहीं —**

**"क्या हम सच में आज़ाद हैं?"**

*यह सवाल पूछना — शायद पहला कदम है।*

— पवन भड़ेरिया

www.ingramcontent.com/pod-product-compliance
Lightning Source LLC
LaVergne TN
LVHW090423210926
848480LV00002B/661
* 9 7 9 8 9 0 4 3 1 4 7 0 5 *